KB067972

그대의 바다가
나의 하늘입니다

그대의 바다가
나의 하늘입니다

/

박성호 지음

harmonybook

목 차

4

프롤로그

웃음 지을 날보다
눈물 맺히는 날이 많은 그대는
자주 바다를 찾곤 했습니다.

바다의 푸른빛,
그 위로 비추는 하늘,
파도치는 음률이
그대에게 큰 위로가 되었나 봅니다.

그런 그대의 바다가
나의 하늘입니다.

늘 깨끗하길 바라는 나의 하늘이
그런 그대의 바다입니다.

___위로

무너지면 안 되는데
나도 무너지고 싶을 때가 있어.
버틸 수 있는데
그러고 싶지 않을 때가 있어.

그러면 나를 내버려 둬.
당신은,
당신이 잘하는 그 따스한 말들로
내가 떨어지는 그 밑에 푹신함을 선물해줘.

무너짐,
그보다 더 밑으로 무너지지 않게.

___동질감

그대의 눈동자에 비친 내가 너무 안타까워서
무심코 당신을 안았습니다.

그러고는 얘기합니다.
그대에게, 나에게.

"살아내느라 고생했어요."

___가장 아름다운 것

우주에 여럿 떠있는 마음들 중
우리가 담을 수 있는 것은 단 하나뿐이고

보듬어 주는 애틋함과
웃어주는 선량함의 경계가 뚜렷해야 하는 이유는
사랑하는 존재란 유달리 각별하기 때문이다.

삶의 경이는
별 대수로울 것이 없는데
그중 가장 아름다운 것을
우리는 사랑이라고 정의했으니

우리는 오늘도 다짐했다.
저마다의 무엇에게,
단 하나에게
오늘 더 사랑하겠노라,
그렇게 말이다.

____약속

이 너른 파랑과 노랑의 중간에서
우리는 약속했다

고단한 마음으로 만났지만
간절한 마음으로 만나기로

저마다 사랑하는 방식으로
우리 세월없이 사랑하기로

속절없는 척 사랑하면서
오래, 아주 오래

___바보

하늘빛에
품 안에는 구름을 가득 안고
이제는 그대만 있으면 되겠다고 부르짖는
맑은 날의 처량함

마음 위에 손을 얹고
나란히 거닐 때는 오지 않던
바닥은 푸르며 무채색의 머리 위

당신은 떠나면서
나의 날이 맑아진다 하였다
당신이 떠나며는
내 마음 흐려지는 것은 모르고

___할머니

할머니, 있잖아요
나는 많이 아파요

나의 입술이 시간이 흐를수록
당신 귀에 가까워지는 것이,
흐려지는 당신의 테두리가
나는 많이 아파요

나는 울 곳이 필요해요
울 품이 필요해요

여전히,
어쩌면 영원히

___짝사랑

넌지시 피어나는 눈에 띄지 않는 꽃처럼,

한낮에 뜨는 별이자, 발밑에 들러붙은 벚꽃처럼,

나는 당신에게 딱 그 정도의 사람이고 싶다.

혹여나 이 수줍은 마음을 들켜

그대에게 불편한 사람이 되고 싶지 않다는 이야기다.

당신이 나를 모르더라도 내가 당신을 안다면

'내가 하는 사랑'에는 아무런 문제가 없을 테니까.

___깨달음

주의 깊은 관심이면 무너져 잠긴 호수 안의 무엇을 위해
우리는 팔을 뻗어낼 수 있다.

단계를 밟아 더는 관심이라는 단어만으로 표현할 수 없는 감정
이 되었을 땐
그 호수 안에 우리는 몸을 내던질 수도 있다.

비로소 사랑을 깨닫는다면
우리는 그리 할 수 있다.
삶에 자신보다도 더 소중한 무엇인가가
존재할 수 있다는 것을 알게 되었다면.

___존재

비록 무너지는 삶이 진부해
주황빛의 별들이 더는 아름답지 못할 때

그저 나는 그대 생각
한 번 더 했을 뿐이랬다

손으로 가리었던 것도 아닌데
다시 맑은 빛이 새었으니

그저 곁에
당신 하나 두었을 뿐인데

___인사

안녕?

인사로 시작된 인연이

안녕.

인사로 끝나는 인연

___한때

한때 꾸었던 꿈들이 우리를 살아가게 하고 있다.
노을 끝 정반대에 있다는 것을 알면서도
우리는 다행히 가슴 깊숙이에 숨겨놓았을 뿐,
가슴 밖에 내놓지는 않았기에.

그 한때 꿈들을.

____모르고 있는 것들에 대하여

바다와 하늘의 너비가
우리를 끌어안을 만큼의 쪽빛을 내뿜는 것은
사랑으로 우리가 빚어졌음을 일러주는 것이다.

해가 지고, 다시 뜰 때까지
한시도 머뭇거릴 시간 없이
공연스레, 속절없이
우리가 사랑하고픈 마음을 헤아려 주는 것이다.

바다가 일렁이고,
하늘이 깨끗한 것은.

＿＿좋은 사람

곁에 있는 사람이 좋은 사람인지 알고 싶을 때에는
우리가 창가에 내민 손의 의미가 무엇이냐 묻는다.

아직 어리숙한 까닭에 놓인 사람들은
햇볕의 따사로움이 좋아서라 답하겠으나

그 까닭이 없는, 세상에 몇 없는 사람들은
내 손 위 따사로운 햇볕의 무게를
가늠하고 있다라 답할 것이다.

사랑에 있어 좋은 사람은
늘 새로움을 추구하는 사람이 아니라
익숙함을 늘 새롭게 바라보는 사람이듯이.

___쉬다 가세요

천천히 쉬는 호흡에 의미를 두는 이유는
희미한 숨소리에 들려오는 찬란한 소음조차
귀에 담고 눈에 그리라는 까닭이다.

돌아보라. 삶에,
그대는 보지 않고도 그려낼 수 있는 그림 한 장 선명한지.

___고민

너를 볼 때마다 생각한다
어떤 눈이
가장 아름다운 것을 바라볼 때의 눈인지

생각이 끝나면
그 눈으로 너를 본다

___평범하지 않은 당신이라서

꽃을 보면 대개 우리는 닮은 것을 떠올리곤 한다.

봄에 노랗고, 여름에 푸르며, 가을에 붉어지는

그 무엇을 알고 있으니.

나는 오늘 흐리다는 하늘에서,

분명 깨끗한 햇볕을 보았다.

아직 피어나지 않은 꽃을 두고 향기롭다는 그대가,

고맙게도 나의 사람인 탓에.

＿＿하늘

애꿎은 하늘은

모든 눈을 담아낸다

비를 내려주는 날이면

참 많았나보다

슬픈 눈동자들이

＿＿눈은 마음 편히 감을 수 없다

세상에 처음 사람이 빚어지고
죽음도, 죽음이라는 단어조차도 없었을 때

그들은 이 세상에
처음으로 눈물을 빚어냈다

눈물은 땅에 스며들어
다시 비를 빚어냈다

미안하다
죽음이,
그 모든 것을 빚어냈으니

___걱정하지 마

삶에, 호흡을 고를 틈이 없다 한들,

나는 단 한순간도 그대를 잊은 적이 없습니다.

꽃이 져도,

봄을 잊은 적이 없는 것처럼.

___기다림

양안에 흐르는
어떤 것 한 모금

검은 하늘에
외로운 달빛 한 모금

나뭇결에 매꿀 공백조차 모자랄
만년의 세월을
얼마나 더 견뎌야할까

이제 잊고자 내 마음에
얄미운 당신 한 모금

＿＿막을 수 없는 것

우리는 여지없이 사랑하다가도
그 마음이 범람해 송두리째 흩어지기도 하며
우리는 알면서도 하는 그것을
사랑이라 부르며 살아가고 있다.

하늘과 바다가 같은 빛을 내어도
하늘은 넓고 바다는 깊어
그 빛의 본질이 달라도
우리는 구태여 그 마음이 맞는다며
안타까운 사랑을 하며 살아가고 있다.

넓은 빛은 일어서고
깊은 빛은 뉘여
그렇게 사랑하겠노라 하겠다면
그럼에도 굳이 그 사랑을 해야겠다면
그리 사랑하여라.
안타까움에도 사랑은
빛이 나기 마련이니까.

＿＿때로는 붉은 별

이따금 별들은
노란 옷을 벗는다

참으로 시리다며
또 참으로 웃는다

나눈 빛은
떨구지 아니한 내 시선에 선물한다

그리 붉어졌다
내 눈시울이
빛을 나눈 나의 별이

___한마음

한줄기 곧게 뻗은 빛을
내 진심의 전부라고
그대를 속여볼까

너무나도 깊은 마음에
내드릴 빛이 어찌 아까울까
그저 그 빛으로도
그대에게 모자랄까

산정의 끝에서
그 밑의 심연까지
이리 표현할 수밖에 없음이
내 마음이고
그대 마음이길

＿＿소망

희멀건 풍경이 마침내 색을 잃었을 때,
너란 색이 늦지 않게 찾아와
따스한 말소리와 품으로 나를 뉘여,
채 마르지 않은 눈물과 함께
당신이란 공간 안에 잠들고 싶다.
아주 오래,
되도록 영원히

___별의 노래

예리한 빛들이
아득한 도화지 위에
하나 둘 옹기종기 덩이진다

양지꽃을 닮은 아가야
노란빛 선명함을 담은 아가야
들리지 않는 색을 소리 삼아
소식을 전하는 아가야

이 시퍼런 들판 위에서
너를 찾았다

닿을 수 없어 더 소중한 너를,
무구한 벗을

___봄을 위해

시퍼런 입술에 이파리가 닿으면
봄의 어머니가 노란 별을 가슴에 품은 채
헤매던 답을 찾았느냐 또 물으셨습니다.

살아가기 위해 삶의 해답을 찾는 것이 아니라,
그 답을 찾기 위해 살아가고 있는 것일지도 모르겠다 답하고는
이내 작은 몸을 웅크리고 말았습니다.

"겨울을 잘 견뎌냈구나."

이듬해 봄은 또다시,
품었던 노란 별을 피워내
우리에게 돌아왔습니다.

겨울을 떠나기 위해 봄을 찾은 것이 아니라,
봄을 위해 겨울을 살아낸 우리에게.

___그런 사랑

은은하고 그윽한 향을 원하지만

서로에게 무너져 일어날 줄 모르는 사랑.

웃는 날에 함께하고 싶지만

울고 싶은 날 함께해도 괜찮을 사랑.

오늘, 차고 넘치는 마음을

내일 건넬 마음에 보태는 사랑.

네가 그런 사랑을 하고 싶은

나의 그런 사람.

___바다는

연민의 질량은

깊을수록 어두운 바다와 같아,

가볍게 사랑했다면 가벼울 것이며

깊이 사랑했다면 무거울 것일 테지만

바다는 모든 것을 받아들일 준비를 마쳤다.

내게 남긴 자취를 가져갈,

나의 소란을 잠재울

하늘같은 마음을.

___그대는 그저

두 팔 벌려 몸이 아닌 마음을 안아줄 때,

하늘 아래 당신보다 눈부신 이는 없다.

설령 그대가 자신을 미워하는 날에도,

나는 그대 하늘의 구름을 젖혀

당신을 가장 눈부신 사람으로 바라볼 터이다.

그대는 그저 아름다워라.

지금껏 그래왔듯 나를 밝혀주면서.

___부재

자그만 겹눈이 벚목을 꿰매고
하얀 옥개를 씌는데

이것이 또
그대 없다고 글썽일까

봄은 왔는데
꽃은 어디 있나

한사코 봄에 떠나
눈물에 보듬지 말아다오
혹여나 또
꽃 없다고 글썽일까

___사랑하는 이유

사랑하는 이유를 물었을 때
사랑하는 이유를 왜 묻느냐고 되물었다.

앞서 물었던 그대도,
따라 되물었던 나도
대답할 수 없음을 알고 있었다.

그저 흐릿해진 독백 속에서도
서로가 서로의 마음에 선명했다는 것이
그 이유의 전부이니까.

___아픈 추억은

아픈 추억은

지워내는 시간 동안 떠올리는 것만으로도 충분합니다.

돌들이 놓여있던 그 길들이

참으로 아팠겠습니다.

그러나 이제 더는,

어제의 창문을 두드리지 말아요.

＿＿비록 지금은 아닐지라도

지금 나를 사랑하는 사람이

처음부터 나를 사랑하던 사람은 아니었던 것처럼,

지금 나를 이해해주지 않는 사람까지

우리는 우리의 드넓은 품으로 감싸 안으며 살아가야 합니다.

그 사람도 언젠가는

우리의 이런 마음을 헤아려 주는 소중한 사람이 될 수 있으니까

요.

——— ,

우리 모두 가슴 한켠에 짙게 낀

애틋한 어둠은 아직 제자리일까.

그러나 지우지 못해도 좋다.

단지 눈물로 번져내지만 않겠다면.

___울어도 돼

우리가 고된 하루 끝에 맺히는 눈물을
속절없이 참아낼 수밖에 없는 이유는
우리는 눈물을 삼켜내라는 것만 배워왔지,
"울고 싶을 때는 울어도 돼."라는
이 쉬운 위로 한 번 건네들은 적이 없기에.

마음에 쌓이는 눈물은 차오를수록
우리는 무거워지는 몸을 못 이겨,
결국 갈 길을 남겨두고 멈춰버리기 마련입니다.

그러니 울어도 돼요.
가끔이 아니라.
울고 싶을 때라면 언제든지.

___잊지 말아요

당신이 지금 머무르고 있는 그 깊은 어둠에서

비록 그대가 그보다 더 가라앉고 싶어 할지라도

세상에는 관심과 배려, 이해.

그 모든 것을 통틀어 일컫는

'사랑' 이라는 단어가 존재한다는 것을 잊지 않기를.

세상에는 아직 살아갈만한 모퉁이가 있고,

그곳에는 반드시

당신을 사랑하는 사람이 있다는 것 또한 잊지 않기를.

___간절히

가른 씨앗 사이에
손 무늬를 남겨놨으니

노란 날갯짓에
다람쥐가 넘나들어도

그대
영원히 꽃이어라

나를
미워하기 전까지는

___시소

무게의 차이가 많이 나는 두 사람이 함께 시소를 타게 되면
우리는 그 시소에 흥미를 잃고 지루함을 느끼고는
금방 그 시소에서 내리기 마련입니다.

사랑도 시소와 크게 다를 바가 없으니,
한쪽으로 치우친 사랑은
결코 오래 지속될 수 없습니다.

더 사랑하는 쪽의 사람은,
외로움에 머지않아 그 시소에서 내리게 될 테니까요.

___그렇게 살아보려 합니다

우리가 고심하는 생각의 근원이
사랑하는 사람으로부터 비롯되었다고,
그리 믿고 살아가고 싶습니다.

우리가 빛 너머의 구체를
늘 같은 날, 같은 공간에서 마주하듯,
근원이 근심으로 번져나갈 때마다
당신이 내 손을 꼬옥 잡아주었으면 좋겠습니다.

"나는 여전히 이곳에 있어요."라며
잡은 손의 온기로 전해지는 전음과 함께.

＿＿종이배

오늘
모든 것을 잊는 날

하나, 둘
담고 또 담는다

너마저 담으면
혹시나 가라앉을까

너는 옆에 두고
오늘도 종이배는 떠났다

___안부

하고 싶은 것이
참 많았습니다

욕심의 죄로 주어진 벌은
제게 너무 무겁습니다

그저 사랑하고 싶었습니다
단지 사랑해서 그랬습니다

그대는 잘 있습니까

나는 잘 있습니다

___그럴 수 있다면

속절없이
착한 사람처럼 사는 것이
나는 제일 어렵다

그대에게
마냥 좋은 사람으로 비춰지는 것이
나는 제일 어렵다

제일 어려우면서도
가장 즐겁다

그로 인하여
당신이 웃을 수 있다면

___가을에게

덕분에 따스하겠습니다.

낙엽을 뒤덮은 겨울에도 말입니다.

＿＿삶

오늘 우리가

이 무던한 봄에서 벗어난 이유는

내가 죽는 날

나를 위해 울어줄 사람을 찾기 위함이다

딛는 날마저

나 혼자 울고 싶지 않기 때문이다

___관심

모호한 불빛에도
웅크리는 아이가 있어요

실낱같은 햇볕에도
미소 짓는 아이가 있어요

그러니 드넓은 들판으로
그들을 살아가게 해줘요

시선이란 체온으로
그들을 살아가게 해줘요

＿＿봄

당신의 부재에
봄은 아직입니다

이듬해 피는 꽃은요
어느새 노을만큼 붉어졌습니다

바라봐 주시는 그대 없으니
봄은 아직입니다

봄은 곧,
당신으로부터 시작이라서

___더

온전한 사랑이 무엇이다 들었을 때
나는 항상 고개를 가로저었다.

당신은 여전히 더 나아갈 수 있으니까,
사랑의 사랑을 넘어
위태로운 날들이 존재치 않도록.

다시 묻는 날에,
지금은 온 마음 다해 사랑하고 있으나
돌아올 내일엔 그보다 더 사랑하겠다고.

"나는 더 나아갈 거야."라고.

____고집

꾸역꾸역 곱씹어 넘기려 해도
소화가 잘 되지 않는다.

이 짓도 이제 그만해야겠다.

너를 억지로 삼키는 짓.

____진심

고요함을 위해선
호흡도 잠시 멈추고
풍경 따라 움직이던 시선도 잠시 멈추고

그 고요함 안에서라며는
우리는 마음을 감추고서라도
서로의 기억 속에 침몰해
온 우주를 초월해
우리는 반드시 만날 수 있다고.

어떤 사랑을 하고 있느냐 묻겠다면
어떤 사랑을 하고 있는 것이 아니라
단지 사랑하고 있노라 얘기한다.
그 질문에 충분한 대답이 될
이 마음이 여기 있으므로.

___잃어서는 안 되는 것

하늘에 해가 있고 달이 있음은
꾸며놓은 그림이 아니라
우리 삶에 없어서는 안 될 것들이라.

사랑은 태양이오,
사랑은 달님이니
우리는 잃고서는 살아갈 수 없습니다,
사랑하는 사람을 잃고서는.

___회상

처음에는 풍경이 참 아름답더라.
그때는 그대가 있었고
그때도 그대는 아름다웠음에도
나는 수줍은 마음을 부정하고자
풍경만이 참 아름답다며
그때의 그대를 눈에 담지 못한 것이
아직도 참으로 후회스럽다.

시간이 지난 지금 그곳은 별 볼 일 없던 곳이었더라.
지금은 그대가 없고,
지금도 그대는 어디선가 아름답겠지.

그대와 비슷했던,
아니 그대보다는 조금 덜 아름답던 풍경도
결국 그대에게서 비롯되었다는 것을,
그대 없이 나 혼자 이곳에 와서야 알게 되었다.

이제는 아무런 소용없다는 것도.

___새벽

쉬지 않고 찾아왔다
날카로움 사이에서도
혼자 둥그러니 뜨는 달빛처럼

날카로움 사이에서도 따스함을 담아
그렇게 항상 나를 찾아왔다

새벽을 닮은 네가

___그대는 부디

가빠진 요동에 쉬어갈 이 너른 녹야 어딘가,

당신도 잠시 숨을 고를 터를 찾고 있을까.

여전히 온유한 미소로 사랑이라 속단케 할 그대에게,

바람아 불지 말아라.

그대가 마음 편히 쉴 수 있게,

쉬이 나를 잊을 수 있게.

실로 간절히,

가슴 저미게.

___그대가 나를 잊은 날이면

미안해하는 그대의 마음이 애틋해서
나는 그런 그대를 보는 것이 썩 괴롭습니다

그래서 그대가 나를 잊은 날이면
웃으며 나도 얘기합니다

오늘 하루, 나도 그대를 잊었노라고

＿＿색칠

너로 채워가고 있어

나를

날을

___보름달

엄지와 검지 끝을 붙이고 동그랗게 말아서
그 안에 보름달을 넣는다

왼쪽 눈으로 눈을 그리고,
오른쪽 눈으로 코를 그리고,
반대 손 검지를 살짝 구부려 입을 그린다

보름달이 뜨면
너의 얼굴을 그린다

너를 보고 싶지만,
너를 볼 수 없는 밤

___우리에겐 아직

미련의 근원은 남은 길에서부터 시작이라,
우리에겐 아직 흐를 눈물이 남았습니다.
주저할 시간도, 아파할 시간도 남았습니다.

조바심에 가득 차
두려움에 떨 시간을 제외하고는
모든 것이 우리에겐 아직 남았습니다.

그러니 울리는 쇠붙이에
잠시 손가락을 올려 두어도 괜찮겠습니다.

우리에겐 아직
시간이 많이 남았으니까.

___그날에 흘린 눈물에게

그날의 나의 무게를 덜어내느라,
참으로 애썼다.

흐르는 네가 꿰뚫은 것이
내 앞의 무엇보다도 더 힘들었을 것인데,
참으로 애썼다,
참으로 고맙다.

___힘들거든

오늘 하루가 힘들었거든
내 새벽빛에서 울지 말아라

애꿎은 검은색을 원망하지 않도록
내 꿈빛에서 울지 말아라

보드라운 어깨를 내어줄
그들이 무색해지지 않게

오늘 그대가 힘들었거든
다만 그들 앞에서 미소 짓지 말아라

___앞선 걱정

하얀 컵을
두 손으로 감싸 안으면

남는 빈틈에 저미는 가슴은
음력의 하늘을 보는 것으로

나는 나를 달래었다
벚꽃의 하얀 빛을 잘 알면서도

봄 지나면 여름 온통 젖을까
나는 그 하늘로
나는 나를 달래었다

___기약

봄에 다시 피어날게요

항상 그대 가까이에서

___내가 그래왔기에

새벽 정류장에 앉은
그 사람을 내가 알아요

잃은 신을 찾아
라이터를 밝히는
그 사람을 내가 알아요

흐르는 눈물을
뺨이 아닌 손가락에 태우는
그 사람을 내가 알아요

알아요, 내가
다 지나쳐왔기에

___양날의 검

사랑은 좋은 뜻으로 내 삶의 균열을 가져오지만
사랑은 나쁜 뜻으로도 내 삶의 균열을 가져온다.

그러니 '어떤 사랑'을 하는지는 중요치 않다.
'어떤 사람'을 사랑할 것인지가,
그 균열의 옳고 그름을 정해줄 테니까
.

___사랑은

사랑은 때론 지속적인 것보다

간헐적인 접촉으로 더 빛날 때가 있는 법이다.

만일 오늘 어쩔 도리 없이 참아낸, 보고 싶은 마음이 있다면

그것은 이튿날, 더 값진 만남이 되기도 한다.

때로는 완성되지 않은 그림이 문득 빛을 보게 되는 것처럼.

주어진 조건에 의해 서로를 만나지 못하는 날이 잦아지더라도

우리가 해야 할 일은 단지,

그 이튿날을 더 큰 기대감으로 기다리는 것이다.

'우리'라는 존재가, 더 빛을 내기 위해선.

___많이 아픈 날에는

많이 힘들었을 날에는
그 누구도 당신의 표정에
애틋한 마음을 품지 않을 것입니다

차디찬 손끝과 뒤엉킨 머리카락은
수많은 바람이 지나갔음에도,
얼어붙은 유수의 침식에도
그대는 어엿했음을 알 수 있을 것입니다

많이 아팠을 날에는
입가의 세포들이 평소와 다르더라도
우리 모두는
당신을 평소와 같이
따스히 안아줄 것입니다

_____교차

어느 날 문득 짙은 노을이
어느 날은 무척 늙었고
또 어떤 날은 무척 여렸으며

때론 내게 밀려오는 물빛의 하늘이
가끔은 눈이 부시고
또 가끔은 눈이 어둡다.

떨리는 가슴에 어쩔 줄 모르는 날들이 있다.
기쁜 마음으로 잉태된 것이 아닌,
많고 많은 걱정들로 인해 탄생하게 된,
그리하여 떨리는 가슴으로 살아가게 되는 날들이 있다.

그러나 그런 날들이 있기에
그렇지 아니한 날들이 있다.

지난날의 아픔이 있었기에
먼 훗날에 기쁨이 기다리고 있다.

___이곳에

속절없이 거대해지는
파도 안의 햇빛을

가을에 모아두었던
아깃잎에 담아두었다

어김없이 스미는
달빛에게 보여주려고

이곳에
더 빛나는 사람이 있으니

___노력

가을은 붉은빛이 옅어졌을 때,
눈이 누울 자리를 선물하고
겨울을 반색했다.
틀림없이 겨울이
봄을 선물해줄 것이라며.

___미안해

져주는 것이 이기는 거라던데

좋아하는 마음만큼은

너에게 질 수 없었다.

___사랑한다면

내가 가는 길에 연연하고 있는 찰나에도
누군가는 절실히 자신의 인생에
자신이 사랑하는 사람을 기억 속에 담아내고 있다.

우리가 더 행복해지기 위해 필요한 과정에
서로를 향한 진실된 감정을 담아낸다면
문득 스쳐가는 모음과 자음 하나에도
우리 서로는 흐르는 시간을 추월해
언제든 온전한 서로를 떠올릴 수 있을 것이다.

그저 수줍은
사랑이라는 단어 하나만으로도.

___여전히 나는 모르겠습니다

비근한 오후에
초록색 펜을 집어 들고 있자니
어머니께서 환히 웃으실 줄 알았다

한자리에 머물러
그저 색 없는 테두리에
내가 가만 숨죽이고 있더라도

나의 맑은 눈동자라며는
항상 충분하다 하였다, 그녀는

웃는 얼굴 그 안으로
나는 여전히 모르고, 앞으로도 모를 테지

웃고 계신지
울고 계신지

___세상에서 가장 거대한 것은

새벽에 문에 틈이 열린다
빛은 새고
발소리는 부산스럽다

식탁 의자에는
옷가지가 구겨진다
내가 아는 무엇과
그것은 아주 닮았다

입은 차고
발은 시리고
눈에 갈색빛은
덧없이 애틋하다

가슴이 저민다
가장 작지만
또 가장 거대한

구겨진 옷가지와 닮은 주름이

내 가슴을 베어냈다

오늘 바깥문의 고리에

나는 살결을 얹었다

그럼에도 반드시 오늘 새벽에도

또 문에 틈은 열린다

____모순

사진 안에
다정한 우리가 있다

그 밖에
그때를 그리워하는 우리가 있다

변하지 않으면서도
변하는 것이
그런 것이 여기에 있다

___여운

  영화가 끝나고도 우리는 그 영화의 여운에 한참을 자리에 앉아
있는다.
  심리적 자극이 내 두 다리의 신경을 건드렸음이 분명했다.

문득 너와 나누었던 사랑이 떠올랐다.
영화같이 시작했고 영화의 결말처럼 짙은 여운을 남겼던,
나를 한참 동안이나 그 시간에 머무르게 했었던,
우리의 가슴 아팠던 사랑이.

___불확실

현재의 아픔을 간직한 채
우리 처음으로 돌아간다 해도

내가 너를
사랑하지 않을 수 있을까

___사랑이라는 것은

싫어하던 색깔을
좋아하게 되는 것

싫어하던 음식을
좋아하게 되는 것

물이 들어 나를 잃어도
찾을 궁리를 하지 않는 것

이 하나만으로 세상 모든 곳에
대수롭지 않은
꽃이 피는 것

___꿈은

잠들지 아니하면
꿈은 꿀 수 없듯이

현실에서의 꿈도
쉼 없이는 존재할 수 없습니다

부디,
조금만 머물다 가세요

___오류

새 신을 부둥켜안으면 우리는 미소를 지어야 할까요.

어느 날엔 하늘을 보다가도 손금을 보아야 할지도 모를까요.

의자에 앉아 호흡이 작용하는 식은땀에,

우리는 평소와는 다른 불편함에 그곳을 빠르게 떠나야만 하는 걸까요.

인생은 있잖아요, 이번 한 번뿐인데,

우리는 너무 생각이 많아요.

꼭 그래야만 하는 걸까요.

＿＿빛이 나고 싶은 그대들에게

평소에는 신발을 구겨 신지 않은 날이 없었을 것입니다.
비가 온다는 것을 잘 알면서도 우리는 우산을 두고 왔고,
얄미운 추위에도 목도리를 잊고 살아갑니다.

빛이 나고 싶은 그대들에게
나는 얘기하고 싶습니다.

그 주체가 세상인지
어쩌면 잊어버린 당신 자신인지.

___외롭습니까

내가 아는 그대는
저 혼자 슬피 우는 사람이라서

외롭냐는 질문 없이도
그대는 아주 외롭습니까

남긴 발자국이
우리를 헤매게 할까 걱정하는 사람이라서

괜찮냐는 질문 없이도

"나는 괜찮습니다."

___부모

뼈마디가 시릴 때까지 아팠으나
나는 절대 아픈 것이 아니었다
나는 결코 아픈 것이 아니었고
나는 아파서는 안 될 사람이었다

설악을 넘어
이제 무녀지는 것으로 모자라
감각마저 암흑, 숨을 곳을 찾으러 떠나면
나는 그때야 조금, 아주 조금
아파할 수 있는 사람이었다

더 이상 넘을 것이 없어 돌아보니
등 뒤 보람들이 어느새 우직이 자라나며는
나는 그제서야 울 수 있었다
나는 이제야 행복할 수 있겠다

닳아버린 삶에 눈을 감고
맑고 푸른 청천 위에서

___운명

'타닥타닥 '
타오르는 모닥불에 필요한 것은
작은 불씨와 나뭇가지

하늘이 있으니 색이 있고
색이 있으니 꽃이 피었다

우연이 아니었다고
당신의 옷자락에 떼어진 돌부리가
가는 길에 그려놓았다

타오르는 모닥불에 필요한 것은
작은 불씨와 나뭇가지,
이런 사람과 저런 사람,
그리고 타오르겠다는
같은 마음

___우리 모두에게 있던 시간

내가 잔의 얼음만 한 아이었을 때
뜨거운 우유를 입김 없이 들이키던 그 어린 시절에
나는 알았었고, 우리는 알았었다.

내가 얼음만 한 아이었을 때
내가 얼음과도 같아, 녹는 차가움이 안타까워
두 알, 세 알 주섬주섬 입안에 넣었을 때
나는 머리가 저릿할 줄 알고 있었다.

우리 모두에게 있던 시간이
지금 잔의 얼음에게 얘기를 읊고 있었다.
내가 그랬었다며,
너는 조심하라며.

우리 모두에게 있던 시간이
눈앞에 놓인 뜨거운 우유를 호호 불어주었다.

＿＿만약에

만일에 모든 것을 잃고
하늘의 빛마저 스스로에게 단절하였을 때
나는 나 자신마저 잃었는지 알아야 한다.

나는 누구이고
나는 무엇이며
가장 중요한 것은
나는 누군가에게 무엇인가.

아직 어딘가에 분명
절실한 체온이 남아있을 것이다.

'아.. '
아직은 당신이 살아야 하는 이유일 것이다.

___봄눈

날아드는 새가 눈을 밟아
저 혼자 샛눈을 뜨다만

모란꽃 한 송이
봄에 먼저 와있었구나

나는 살금살금 주워
보고 싶은 마음 흘려두고는

나는 눈에 녹았다
저 혼자 너덜대는 맘
밟힐 발에 스며들까
나는 눈에 녹았다

＿＿＿이별 예보

오늘은 구름이 많겠습니다.

당분간 맑은 날씨는

없을 것으로 예상됩니다.

___조금 더 지나면

시간이 흐르면서 기대와 점층의 구조가 비례해
때가 되었음에도 오지 않은 꽃다발에 불안한 우리는
단지 참고 견디는 마음이 모자란 것이다.

도달한 꽃빛에 시선을 둘 틈이 없는 우리에게
푸성귀의 빛깔조차 무색해질 테니,
그저 마음에
꽃밭이 올 것 같다며
조금 더 지내고
조금만 더 견뎌내는 수밖에.

___물음표

세상에는
참 예쁜 단어가 많습니다

그대에게
이 단어, 저 단어
그 많고 많은 예쁜 단어를
선물해 드렸습니다

정도가 지나친
그대의 아름다움 때문일까요

그 많은 단어가
그대에게 모자랍니다

___무너지지만 말아

메마른 꽃이 우는 법을 몰라서 울지 않는 것은 아닙니다.
바람에 이울고 햇볕에 웃으며 말라버린 감정의 꽃이
이듬해 봄에 꿋꿋이 다시 피어나는 것은
겨울 뒤에 봄이 있다는 것을 알고 있었기 때문입니다.

우리는 가끔 깊은 호수에 빠져
알고 있는 것을 잠시 잊고 살아가지만
잊은 것이 사라진 것은 아닙니다.
겨울에 빠져
봄이 사라진 것은 아닙니다.

그러니 그대는 부디,
무너지지 않았으면 좋겠습니다.
잊은 웃음을,
다시 피워냈으면 좋겠습니다.

___소나기

이렇게 갑작스레

찾아오실 줄 몰랐습니다

아무런 준비도 하지 못했는데

이리 저를 적실 줄 몰랐습니다

스스럼이 사라지고

안으려는 그대를 찾으려니

이렇게 갑작스레

떠나가실 줄 몰랐습니다

___작은 손

동네 작은 슈퍼에 쪼그려 앉은 우리는,
쓸쓸함에 노래를 흥얼거리며 아픈 사연에 웃음 짓는 우리는,
사랑하는 사람이 있는 사람인가 봅니다.

작은 손에 쥐여진 작은 사탕 한 알에
우리는 눈으로만 달콤함을 느끼는,
우리는 흐린 날에 더 빛나는 사랑을
하고 있는 사람인가 봅니다.

＿＿별

어쩐지

오늘 밤이 허전하더니

여기 있구나

내 눈앞에

.

___연애

눈치 없이 찾아오는 밤이
나는 너무 싫다

하물며 내 시간이
당신과 함께할수록 더욱 짧아지니까

저무는 햇빛과
차오르는 어두움에
오늘 또 소용없는
투정을 부리게 만드는 사람아

___가면

저는
좋은 사람인 척 살아왔어요

나는
살고 싶은 대로 살고 싶었죠

저는
제가 아니었어요

나는
내가 누군지 알고 싶어요

___수많은 아픔과 함께하는 그대들에게 고맙습니다

높은 빌딩의 붉은빛들에
나는 이따금 눈이 기울고

오고 가는 담배 연기,
화분 대신의 초록빛,
눈썹이 마르지 않은 것에
나는 늘 고맙습니다

흰색 창의 시선들
투명한 신발장, 길 잃은 가로등
적막함이 어울리지 않는 골목길에
나는 늘 고맙습니다

높은 빌딩의 붉은빛들에 눈이 기울고,
나는 수많은 아픔과 함께하는 그대들에게

"항상 고맙습니다."

___착각

꽃 꺾어다 주는 것만
사랑인 줄 알았다

쪼그려 앉아
그 꽃 같이 보는 것은
사랑인 줄 모르고

___항복

내게 불가항력을 가르치고
어쩔 수 없이 나를 굴복시키는
그런 것이 있다

그런 네가 있다

___오계절

당신도 보고 있을까

봄의 눈을
따스한 겨울을

맞이하고 있다면, 내 여기 머무르고
그렇지 않다면, 내가 그대에게 가야겠다

내가,
그대만의 계절이 돼야겠다

___우리

하늘에 수많은 별이 뜨지만
별 하나를 나눠 갖는다

우산 하나를 나눠 쓰고
이불 하나를 나눠 덮는다

우리는 둘이지만
하나를 나눠 갖는다

사랑은 둘이서 하지만
마음은 하나니까

우리는 '둘' 이지만
'우리' 는 하나니까

___나를 사랑하는 사람은

사계절의 흐름을 무시하는 그대는,

나를 사랑하는, 내가 사랑하는 그대는

나열된 마음의 근본을 주섬주섬 주워 담아

가벼운 무게와 무거운 질량의 문장을 만들고는 내게 건네면서 얘
기했다.

무게는 상황에 따라 달라지지만, 질량은 절대 변하지 않는다고.

미워하는 날이 있음에도,

사랑하는 마음은 절대 변치 않겠다고.

___불면증

새벽의 글을 글자 끝의 바람꽃처럼 생각하고 쓰다 보면,
잠들지 못한 시간의 불행이
생각하기의 나름에 어쩌면 축복이 될 수 있다는 것을 알 수 있었다.

사려 깊은 새벽의 길이가,
내 손에 또 펜을 쥐게 했으니.

___가장 아름다운 순간

이제 막 사랑을 시작하려는 사람들

다른 말로는
세상에서 가장 아름다운 순간을
살고 있는 사람들

___시작

너를 만났다

벚목이 자라

벚꽃이 폈다

봄,

시작이다

＿＿꽃

맞잡은 손과 손
아주 얕은 간극에
우리 꽃을 심자

혹여 손을 놓으면
그 꽃이 떨어질까 두려워
이 손 놓지 않게
마음과 마음 사이
우리 꽃을 심자

이리하여 이울어도
우리는 다시 피어나자
손과 마음 안에 심은
우리의 꽃과 함께

___그런 날

아주 밝거나 아주 어두운 날에는
너를 만나지 말아야겠다

어느 한쪽으로 치우친 마음으로
너를 만나지 말아야겠다

온전히 네가 보고 싶은 날
너를 만나야겠다

___밝은 날의 우리의 모습은

엉킨 실에 빗을 빗고
구름 뒤에 하늘색을 찾는 우리는

수줍은 선명함으로
당연하지 않게 눈을 웅크리는 날들에
그저 사랑으로 물들일 뿐이었다

노란 원피스를 입고
벚꽃 아래서 사진을 찍는 그녀들은
드문 밝은 날에 어색한 웃음을 짓는다

밝은 날들이
더 흔해졌으면 좋겠다
웃음으로 가득 차,
조금은 소란스러워 질지라도

___필기

오늘을 적는다
'사랑했다'

내일도 미리 적었다
'사랑하자'

___어쩔 도리 없는

우리가 연인의 산빛에 속절없이 무너지는 것은
나의 색이 두터워 날이 흐려져도
결국 사랑하는 사람의 빛에
모든 것이 가리어지기 때문일 것이다.

때로는 붉어진 얼굴에 민망한 날들도 있을 것이다.
저마다의 감정이 그대의 미소에 이토록 무색해져
한없이 무너지는 날들로 가득 찬 하루도 있을 것이다.

그럼에도 따라 웃게 되는, 어쩔 도리 없는
그 하루로 채워진 삶도 있을 것이다.
사랑하는 사람이 있는, 우리 모두에게.

___기다릴게요

지저귀던 팔월이 가도
한기는 변함없겠지만
이제는 더 불안한 겨울이 오겠죠

가을이라는 배려는,
미안합니다
제겐 아무 소용없으니까요

쓸데없는 봄을 기다립니다
필요 없는 꽃이 피어나기를
영원히 오지 않을 그대라는 것을
여기 제가 기다립니다

___구름은 기억했다

구름은 기억했다
구순한 둥근향나무 사이
오고 가는 무구함이 어떤 것인지

때론 바보같이 사는 것이
가진 마음대로 하늘같이 사는 것이
작은 실빛은
더 나은 것이라 그랬는데

무척 느지막이
살금살금 뉘어가는
검은색 띤 주황빛은

부스러기 남겨두고
구름은 기억했다

——— ·

어쩌다 네 생각만큼은

도저히 끝날 기미가 보이지 않는 걸까.

___겨울밤

새우풀 사이에서
계절은 겨울이었고 시간은 밤이었으니
마음은 선홍빛으로 물들었으나
입술은 초한 아래 자줏빛

허나 여럿 물든 정경도
그대 일색 하나 앞에서 시들어
칠월의 정오보다도 따사로왔고
우리 함께 맞이한 이 겨울,
내 생에 가장 포근했다

우리 그때,
계절은 겨울이었고
시간은 밤이었는데

___민들레의 편지

짓밟히지 말아라
멀리 보고 살아라

잔바람을 두려워 말고
멀리 너를 보내라

___한결같이

공존의 시발점으로부터

네가 내게 무한한 이해를 요구한다면

다만 나는 이렇게 얘기할 것이다.

"달은 있잖아, 그 모양은 매번 바뀌지만 항상 차오르기 마련이
야."

그러고는 당신의 새끼손가락을 찾았다.

우주의 모든 날들이 당신과 함께 하겠다고.

덜어낸 질량들이, 이내 한결같음을 깨달았다.

___어머니

달이 뜰 때 어머니, 당신은 어디에 계셨을까요.

방에 이불을 개고, 아들의 이마 한 번 쓰다듬으며

오늘의 햇빛도 지나치신 어머니, 어디에 계셨을까요.

발걸음이 절벽 끝에 다다르셨는데 아무것도 보이지 않으신 듯

또 한 걸음 옮기시는 어머니.

손가락이 닿았습니다.

이제는 그만 가세요,

나의 어머니.

＿＿어른

알고 싶어요.

햇볕이 이만치 따사로운데,

왜 자꾸 닿을 수 없다고만 얘기하시는지.

___하지 않을 수 없는 것

이별 뒤엔 아무것도 없다는 것을 알면서도
쉽게 잊을 수 없는 법이다, 사랑했던 사람이란.
마음의 도화지에 가득 채운 그대를 지워 낸들
흔적이란 자국은 여전히 선명했다.

남은 여백에 우리는 같은 행동을 반복하기 마련이다.
아무쪼록 무뎌지길 바라며.

___기도

아프지 말아요

아프고 싶지 않으니까

___오늘의 바다

넘실대던 그대의 물결을
나는 하늘을 빌려 보았습니다

하늘이 어두워지고서도
그대의 아픔은 잔잔해질 줄을 몰랐습니다

이튿날의 하늘엔
구름이 많았으면 좋겠습니다

그대의 바다가
내 벽색에 비추지 않도록
나의 하늘이
비를 내리지 않도록

그대의 바다가 나의 하늘입니다

초 판 1 쇄   2019년 5월 19일
지 은 이   박성호
펴 낸 곳   하모니북

출판등록   2018년 5월 2일 제 2018-0000-68호
이 메 일   harmony.book1@gmail.com
전화번호   02-2671-5663
팩   스   02-2671-5662

979-11-89930-07-3 03810
ⓒ 박성호, 2019, Printed in Korea

값 13,200원

이 도서의 국립중앙도서관 출판예정도서목록(CIP)은 서지정보유통지원시스템 홈페이지
(http://seoji.nl.go.kr)와 국가자료공동목록시스템(http://www.nl.go.kr/kolisnet)에서 이
용하실 수 있습니다.
CIP제어번호 : CIP2019013197

이 책은 저작권법에 따라 보호받는 저작물이므로 무단 전재와 무단 복제를 금지하며, 이 책 내
용의 전부 또는 일부를 이용하려면 반드시 저작권자와 출판사의 서면 동의를 받아야 합니다.